자작나무 숲에 들다

자작나무 숲에 들다

백혜옥 시집

문학나무

하얀 슬픔들

빈 들에 서서 눈을 감는다
새소리 바람소리, 무수한 풀벌레 소리

자연에서
생겨나고 사라지고
나 또한 그러하리니

어둠이 발밑에 닿기 전 지워진 문장들
살아나는 하얀 슬픔들
그리고 쓴다.

2022년 11월
백혜옥

차례

해설 | 최학 소설가, 전 우송대 교수

2부 | 연필 깎는 아이의 눈물 한 방울

3부 | 수선하는 여자

1부 : 다시 한 번만 부처를 보고 싶다

술 취한 별
– 환상 예술가가 되고 싶어

별을 꿈꾸는 여자
가끔은 팽나무에 철봉처럼 매달리고 싶어
연지벌레처럼 그네도 타고
회전그네처럼 돌고 싶어

별을 꿈꾸는 여자가
놀다 지치면
영원한 시간이 사랑으로 쳐다보는
그 품에 잠들고 싶어

별을 꿈꾸는 여자
메타세쿼이아 나뭇잎이
살비듬처럼 떨어지면 아금받아
이불삼아 눕고 싶어

별을 꿈꾸는 여자가

푸른 하늘 은하수 사이로
돛대도 아니 달고 삿대도 없이 가는
초승달이 되고 싶어

별을 꿈꾸는 여자
동생 잘 돌보고 성공을 위해
공부하라는 아버지 말씀
홀연히 생각날 때면

별을 꿈꾸는 여자는
세상의 아름다움을 마시고
취한 별이 되기 위해 가출하는
불량소녀 – 환상 예술가가 되고 싶어

배롱나무 고목

배롱나무 천 송이 꽃들이 핀 공원을 지나 버스에 오
릅니다

'나의 살던 고향은 꽃피는 산골'을 떠나온 지 십 수
년
허물어진 옛집에는 손도 발도 정강이도
고목이 되어버린 엄마의 기억

마당에서 탈곡기 돌아가는 소리
먼지 속에 볏짚이 쌓이면서
사람들이 일하는 소리
밥상이 엎어지는 소리
멍석 위에서 톡톡 참새처럼 재잘대는 가을 햇살들
유년의 마당에는 콩 튀는 소리만 분주합니다

농촌 소녀의 키가 자라지 않은 것은

머리에 이고, 두 손으로 날랐던
새참 바구니와 막걸리 주전자의 무게였을까요

밤새 으르렁거리던 폭풍이 그치고
하루의 문이 열리고

소녀는
도시여자로 늙어
자동차 경적이 안개 같은 세상으로
또 출근해야 합니다

옛날의 어머니처럼
배롱나무 고목으로 늙어가고 있는
도시여자의 운명을 향해

유칼립투스 잎이 시간의 바람에 흔들린다

아이는 나무 위에 둥지를 짓고
두려움에 찬 눈으로
숲 너머를 본다

맹수들로 살벌한 초원
초원에서 비틀거린다

아이와 아버지의 발자국이 나란하다
비틀거리며 아이가 섰던 경계
과거와 미래 사이의 두려움

진화의 도로를 질주하는 상념
유칼립투스 잎이 시간의 바람에 흔들린다
시간을 덜어내고 바람의 조각을 맞춘다

새롭고 위험한 곳을 향한

아버지의 첫걸음

아버지가 돌 속으로 들어간다

오월에 서 있는 집

산 아래 살구나무 베어진 집이 있다
어린 살구나무가 베어진 후 살구나무만큼 자란 집
이 있다
붉은 상현달이 지붕 끝에 이울고 있는 집이 있다

배꽃들이 찰방이는 논물에 떨어지는 오월에 서 있
는 집이 있다

눈물 한 방울 떨군 여자가 자꾸 뒤돌아보는
오월에 서 있는 집이 있다

진외갓집 가는 길

보자기로 싸맨 쌀을 이고
진외갓집 가던 날은
뙤약볕이 내리쬐는 유년의 여름방학이었다

자갈 깔린 신작로를 지날 때
처음 본 토마토 열매들이 신기하기만 했다
입에 침이 고이고

등 굽은 할머니 따라 가던 길

다래나무

산기슭
마른 땅에 뿌리를 내리고
얼기설기 덩굴을 뻗은 다래나무가 있다

나무에 매달린 플라스틱 통 안으로
한 방울 한 방울 또 한 방울 수액이 떨어진다

밭에 가신 엄마가 모싯대 이고 골목 모퉁이를 돌아
오신다

학교 갈 시간은 멀어지고 동생의 울음소리만 들린
다

동생을 업고 달려가는 누이는 힘에 부쳐 넘어지고
흐르는 붉은 눈물–피를 지긋이 누르던 떨리는 손

땀내 나는 엄마의 젖가슴이 다래나무 눈물이었다

살비듬 흩날리며 말라가는 엄마의 다리는
수액을 뽑아 올린 다래나무였다

붉은 왜가리

산비알 마른 콩밭에 엎드린 흰 점
해가 저물도록 일어날 줄 모른다

냇물에 발 한 번 담그지 못하고
홀연히 흙이 되어 밭으로 간 어머니

콩깍지 터지듯 갈라져
손끝 발끝 동여맨 살 사이로
바람이 스며든다

붉은 왜가리는

어둠이 내리는 물속에서
날아갈 줄 모른다

섬
– 엄마가 섬 그늘에 굴 따러 가면

갯바위에 미동도 않고
부리를 꽉 다문
괭이갈매기 코 속으로
서해 바람이 밀물 썰물처럼 들고 나고

창은 있으나 열고 닫을 수 없는
사유의 문 안
아침과 저녁이
붉거나 푸른 상상을
발효시켜 만드는 문장

그곳 먼 수평선을 바라보며
미래가 보낸 파도의 암시를 기다리는
웅크린 소녀의 그림자가 있네

달래향

만수산 자락에 달래 캐러
엎드린 세 여자

일주문을 앞에 두고
줄곧 경배를 한다

무량사 범종이 울릴 때마다
어머니의 사랑이
저녁 밥상에
달래향으로 번진다

배롱나무를 붙잡고 오르는 능소화

엄마는
아이가 남기고 간
옷에 묻은 얼룩을
두 손으로 비벼 빤다

갑골문자

동면에서 깨어난 거북이가 등딱지를 지고 걷는다
껌벅이는 눈이 가야 할 길을 바람에 묻는다
무뎌진 발을 고무신 안으로 밀어 넣고 활처럼 휜 등
에 짊어진 짐

내쉬는 숨소리가 거칠다

세상에 완충제는 없었다

뒤집어진 거북이의 횡경막 안으로 불어오는 병든
바람
어깨뼈가 불안하다
아버지 등에 새겨진 갑골문자

천년학 날갯짓 요란하네

마지막 자락에 남은

무수한 붓과
못다 쓴 먹물

아버지 북망산천에 닿을 때까지
먹물을 묻혀
화선지를 메꾸고

붓끝
다 닳고 난 자리에 펼쳐질
무성한 소나무 숲
화선지에 붓 스치는 소리 들리네

천년학 날갯짓 요란하네

다시 한 번만 부처를 보고 싶다

觀自在菩薩　行深般若波羅蜜多時　照見五蘊皆空　度
一切苦厄…

반야심경 행간을 떠돌고 있는 진관사 흐린 풍경소
리

빛 바랜 연화문 문살 틈으로 든다

금생의 탐욕에 손은 손대로 발은 발대로 꽁꽁 묶인
채

미이라가 되어버린 중생의 일생을 광화문 우체통에
밀어 넣는다

폐허가 된 지붕에 오동싹이 돋는다

어릴 적 흔들리던 어금니가 뽑혀나간 순간은

세월의 미이라에 갇혀 오래된 화석처럼

수행자의 심장에 남아 있다

죽녹원 글자의 비밀

죽녹원의 대나무들은 푸르고
울울 창창하여 서늘하다
대나무숲에서 그늘이 술렁인다
당나귀 귀의 모형이 웃고 있으니
여기가 동화의 판타지 세계

−임금님 귀는 당나귀 귀
숲에서는 소문에 골치가 아픈 경문왕의 근심이
웃자란 대나무처럼 높이 자라있다

푸른 바람의 입이 스쳐가면서
댓잎마다 피어나는 푸른 글자들
직박구리가 물어간 글자 하나가 위험하다

글사 하나−내나무 씨앗이
당나귀 귀처럼 또 자라나

이백년 수명의 대숲을 이루는 비밀

뮤지엄 SAN

강원도 원주에 있는 뮤지엄 SAN은
이름처럼 푸른 산속의 미술관
'산(SAN)', '스페이스(Space)',
'아트(Art)', '네이처(Nature)'의
앞 글자를 땄다는 미술관

자작나무 황금 잎이 춤추는 길을 따라
명상의 숲에서 나를 뒤돌아 보게 하는 곳

거대한 황조롱이가 낮은 목소리로
물의 시간을 노래하는 곳
10월의 퇴색한 수국이 먼 산을 바라보는 곳

인생의 롤모델-퀴리부인과 정약용의 백일몽처럼
황조롱이 날개를 접고
종이 속으로 들어가는 곳

인류의 역사가 과거를 앞세워
현재의 나를 뒤돌아보는 곳

자귀나무 꽃이 피워내는 향기 짙은 유월

태풍이 온다는 소식에도
자귀나무 향기가 묻어납니다

자귀나무가 당신을 쳐다보는
슬픔과 사랑을 볼 수 없다면
당신의 심장은 얼음덩어리와
다를 바 없을지니

자귀나무여,
바람이 머물고 꽃잎이 뒹구는
여름 정원의 구석진 그곳에
오래도록 머무르기를

자귀나무 씨앗도 한때는
어머니 자궁속의 출렁이는 바다였으니
당신께서는

세상의 가장 작은 기도실에서
세상에서 가장 작은 소리로
피어나고자 하는 생명의 노래를 들으시기를

'살아있는 것은 모두 눈물겹도록 아름답다'고 하신
당신의 말씀을
먹물 스민 화선지에 적어
절벽 아래 강가에 흘려보내니

이 소식이 다음생에는
곰팡이 꽃에 맺힌
햇살 한 올의 그림으로 피어나기를

물끄러미

노점에는 파 감자 토마토 고추
주인 대신 졸고 있는 처마 밑 베란다 그늘

몽지남*

어둠 속에 보이는

마을의 불빛 몇 사라지고

발효된 눈물 한 방울
-꿈, 눈물

*몽지남: 중국 백주 양하남색경전 시리즈의 최상위 브랜드

술 마시는 오빠

뻐꾹

주독이 올랐다고
코끝이 빨게진

주목나무가 있는
산에 들어서면

오빠는 아직도
혼자 술을 마시고 있다

봄1

계족산 오르는 길
산비알에
벙그는 진달래

열다섯
붉은 볼의
수줍은
나를 만났네

봄 2

뱀이 지나가는 길처럼
구불구불 이어진 길

나무울타리 언덕을 넘으면
또 가시철망

조치원 과수원 모퉁이 한쪽에
하얗게 출렁이고 있는
저 꽃빛

동리지의 봄

뻐꾸기 소리 들리고

흰 나비 유채꽃자리에 앉았네

관동길 동리지(東里池)*

오량액(五粮液) 찰랑이는 옥빛 잔

고변(告變)*에도 백주(白酒)향 묻히는 봄날

*동리지: 논산 관동리의 연못. 소설가 최학이 김동리 선생을 기려 조성.
*오량액: 중국의 대표적인 백주 브랜드(최학『중국 백주기행』)
*고변: 최학 장편소설. 동리문학상 수상

터널증후군

어둠속에 보이는
마을의 불빛마저 사라지고
아침이 오기를
기다리는 시간

이면우* 시인의 봄

신탄진 과수원 한 모퉁이

이면우 시인 이마에
아까시 꽃
하얗게 출렁이고 있는

저 빛

*이면우: 시인. 1951년 대전 출생. 1997년《창작과 비평》겨울호에 시를 발
 표하며 등단. 시집으로『저 석양』『아무도 울지 않는 밤은 없다』『그 저녁은
 두 번 오지 않는다』등이 있음.

민달팽이

민달팽이 금지사 계단에
오체투지하다
화염경배하였다

도라지꽃 무덤 사이에서
옴 마 니 반 메 훔

광명진언하는
비구니스님의 발원이
월명산에 하얗게 흩날린다

심포항은 말이 없다

회한의 시간

찾는 이는
간간이 날리는 진눈개비뿐

항구를 지키는 소나무

손끝 스치는 인연이 있었던가

연필 깎는 아이의 눈물 한 방울

교실구석에 우두커니 앉아
하늘에 이름 석 자 그린다

옥수수 밭 사이를 걸었지
키 큰 옥수수 사이로 보이는 하늘
달콤한 냄새

무엇을 할 수 있을까
묻고 물었던 아이

인내한 시간 앞에 눈물 한 방울

연필을 쓱쓱 깎는다

흐린 아침 버스를 기다리는 동안

겨우내 담장을
붙들고 몸부림쳤을

기력이 다해
흔적만 남은 빨 손

말라버린 실 덩굴

툭.

사랑

돌과 나무와 여자의
머리카락 사이로
길을 내어

천천히 걸어오되

너무 늦지 않았으면 좋겠어

아버지의 뜰

시조새의 발은 포르말린에 잠겨 있다
시조새의 발에서는 항상 흙냄새가 났다
말라버린 가지처럼 쭈글거리는 시조새의 발
깃털도 모두 빠지고 부스럼 얹은 검은 살갗의 시조
새
시조새의 들녘이 서서히 지워지고 있다

낙엽귀근落葉歸根을 줍는 사람들

이른 아침 배낭에 집게 하나씩 담은 노인들이
신촌경로당 정자로 모여든다
모두 같은색 붉은 조끼를 입었지만 표정은 제각각

어떤 이는 돌아오지 않은 자식을
어떤이는 먼저 떠나보낸 품안의 자식을
어떤이는 일찍 혼자 된 사연들을 애써 감추며

얼굴에 주름이 패인 노인들이
집게를 꺼내 낙엽귀근을
쓰레기봉투에 담으며
잊고자 하는 사연들

단풍잎 하나 찬바람에 날려
세월의 구석으로 쏠려간다

시간에 쫓기듯 걷는
여자의 생각 하나

검은 은행잎의 침묵처럼 떨어진다

3부 ㅣ 수선하는 여자

자작나무 숲에 들다

바람에 떨어진 자작나무 잎 글자가 굴러 가네

시인은 자작 소리를 내며 겨울 숲으로 굴러 가는

글자를 따라 가네

자작나무에는 가지가 꺾어지는 통증의 흔적들이 있
네

상처에 딱지가 내려앉은 자리에는 기억들이 시인을
쳐다보는 수많은 눈들이 있네

자작나무는 수피로 혹한을 견디고 침묵으로

불경을 외네

시인은 자작나무가 순백의 천마 한 마리로 변신해서 하늘로 날아가는 샤먼의 꿈을 보네

꽃말

당신을 기다립니다

시인은 겨울바람이 자작나무 잎을 흔들어 시베리아로 날아온 북극의 신탁을 전하는 순간을 기다리네

자작나무 잎 글자들이 일제히 시가 되는 순간을

고요 하나

도로가에 주저앉아 풀을 뽑는 고요

손에 들린 호미 끝이 야무진 고요

잡풀들이 뽑혀 나동그라지는 고요

호미 끝에 어둠을 매달고 가는 고요

질주하는 차들과 도심에서 귀가하는 고요

별빛 신호

산골에 절로 몸을 감싸오는 것
그 무량한 어둠을 덮어쓴 채
광막한 우주로 보내는 신호인 양
다시 불러보는 이름

흐린 별빛 하나가
답신을 주듯 깜빡인다

빛보다 빠르게
무한 공간 속
어둠의 바다 한가운데로
퍼져 나가는 그리움

통신

우주 어디에서
나의 기도를 받아주는
그 무엇이 있다면
적막이라도
좋으리

메타세쿼이아

다시
돌아와 너를 본다
비 개인 뒤 말쑥한 모습의 메타세쿼이아

빌라 뒤꼍
그늘을 드리운 채
묵묵히 서 있는 당신

염소 울음

종일 말뚝에 매어
골목을 지키던 염소의 울음은
개망초 노루귀 여뀌가 되었다

가을이 와서
쑥부쟁이 그늘아래
염소 똥 소복한데

첫서리 내린 들에는
쑥부쟁이 마른 꽃 향기만 난분분(亂紛紛)

부처를 닮은 여인

동학사 학봉마을 초입에는
염불하는
자작나무가 있다

균열

옥상 플라스틱관과 시멘트 사이에 균열이 생겼다

비가 오면 쪼그려 앉은
여자의 머리에 물이 떨어지고
옷이 젖고 햇빛과 바람이 꽂히기도 한다

우산을 편다

자연이 비집고 들어와 앉은 자리에
당신과 나의 틈-무저갱의 심연이 들어선다

바람은 빗줄기 사이로 돌아다니며
기쁨과 슬픔의 틈을 먹구름과 지평선까지 벌린다

파라호*

방어를 손질하다
방어 가시가 손톱 밑에 박혔다

종려나무 가지 사이로 쉼 없이
비행기가 오르고 내리는 제주

은찬이네 펜션에서
바라보는 꿈꾸는 바다

해가 뜨고 달이 차오르듯

방어를 품은 제주
내 영혼이 투명한 하늘과 맞닿는 곳

*파라호: 제주에 있는 작은 항구

도미 한 마리

찌개가 끓는다
도미 한 마리 넣자
국물이 넘쳐흘러
가스불이 지글거린다

도미 눈이 껌벅인다
살았나

사마리아 여인

오동나무 꽃 피는 오월

우물이 마르고 있었다

수선하는 여자

종일 사람 하나
만나지 못하는 데서 가지는 막막함
그리고
사람과 사람들 사이에서
깁고 잘라내고
꼭 낀 셔츠의 팔을 떼어 내어
수선하는 것

이밥 한 스푼

이팝나무 아래
입을 크게 벌리고 하늘을 본다

구름 한 스푼
바람 한 스푼

햇빛 한 스푼
눈물 한 스푼

이밥 한 스푼 목에 걸린다

우두커니

날아간 까치집
빈 둥지를
지키고 있는
감나무

높이를 가늠하다

고양이 한 마리 고양이 두 마리

그리고 사다리

빨랫줄에 매단 전깃줄

전선을 붙잡고 올라가는

담쟁이넝쿨

먹태

황태 친구들은 어느 곳에 가서
진국으로 몸을 풀고 있을까

갈기갈기
실처럼 발겨진 채
오븐에 바삭 구워져 나와
노가리 까는 집 테이블에 누워있다

어망에 걸려 찢겨진 지느러미 상처와
덕장에서의 게으름도

화염에 태워진
먼지 한 톨과
파도소리

청미래 가을

청미래 덩굴 가시가 박힌 바퀴

밟을수록 헛돌기만 했지

터널 안 사이렌 소리
덩굴 사이로 사라지고

마디에 갇힌 문장들

청미래 열매처럼
익어가고 있었지

휴대폰 갤러리
- 사진 한 컷

한낮의 쥐는 밤이 되면
어슬렁거리며 움직여야 살 수 있지만
그럴 생각이 없네

어느 골목에서 만난 암고양이
야생을 잃고 사람들이 놓아준
먹이를 먹고 사네

태양의 그림자 무거운 오후
비둘기떼 우루루 몰려와
새똥과 깃털을 흘리며
전깃줄과 처마에 둥지를 트네

어지러운 도로에
사람들 발자국을 따라가는
비둘기 깃털과 은색 고양이와 검은 쥐들

〈

멀리서 급정거하는 자동차 소리

생의 문양이 추상으로 인화되는
가을풍경 한 컷

저녁에 돌아와
휴대폰 갤러리를 정리하다 보니
'생은 미안해, 하는 것'이라고
읽고 싶은 사진 한 컷

소우주
– 몸을 달리는 통증열차

손끝 발끝이 저린다

몸속 신경을 달리는 통증열차는
방광 부근에서 요석을 타고
요도역으로 출발한다

지하의 신장역에서 잠시 휴식하겠습니다

통증열차는 일백년이 걸리는
순환 궤도를 돌아
종착역–죽음에 도착한다

통증이 사라진 부모미생전(父母未生前)에

안개거울에는 슬픈 기억

황순원의 소나기를 맞으며
달려온 소년의 소나기 같은
사랑을 보았네

사람을 사랑하는 일은
황동규의 시-즐거운 편지를
가슴에 품고
소나기처럼 연인에게
달려가는 것

태양의 마차를 탄 아폴론-옛 소년의 얼굴
그건 분명
내 마음의 천사-슬픈 기억

실낙원

대나무 장대 끝
망주머니에 매달린
바람의 텅 빈 울음과
감나무 꼭대기 까치가 먹다 둔
홍시가
툭,

연못에 쓸리는 붉은 나뭇잎들
수면에 뜬 한가위 시린 달

마른 꽃향기

군자란 꽃이 피었을 때는
내 몸에서도 십리향이 흘러갔지

세월의 거울을 볼 때마다
환상의 꽃에 물을 주었지

겨울이 오고
환상의 뿌리는 말라가고
거울 속 나도 수척해 있네
마른 꽃-조화(造花)처럼

천국과 지옥의 겹침

거울 속에서 내가 밥알을
흘리고 있다

눈썹선이 비뚤어지고
쉐도우가 번지고

우걱우걱 씹다가

나는 어느새
지상과 지하를 걸어다니는 것
땅과 하늘을 오르내리는 것
천국과 지옥을 빠져 나오는 것

삶과 죽음을 품어버렸나?

우주에 나를 내어 놓는다

미이라

동굴 속에 갇혀
억겁을 살아온 사람

언 바위가 숨을 토해냅니다

목에 솟아난 종유석

바위를 뚫은 소리
다시 바위가 되는

꽃이 되는 시간

거울의 경계

거울속의 남자가 밥알을
흘리고 있다

여자의 눈썹 선이 비뚤어진다
쉐도우가 번지고

거울 속 남자가 걸어 나온다
여자가 거울 속으로 들어간다

차가운 봄을 마시는
창밖의 참새 한 마리

독거

눈 한번 마주치지
못한 채 서둘러 떠났다

내일 나의 거처는 어디인가

추운 날에도 당신을 부르며
한기를 견디는 시간이기를

민들레 빈집

헐거워진 담장을
꼭 붙들고 있는 빨 손

담 모퉁이 우울

화석이 되어가는
나무의 잔해

몇 해를 두고 쌓이는 그늘아래
민들레 몇

안개 거울 속으로 사라진 풍경들

햇빛에 바랜 바람 빠진

자전거 타이어처럼 삭고

부르트고 갈라진

엄마의 발뒤꿈치

세월이 지나간 내 손등은

마른 나뭇잎이 되었다가

생선비늘이 되었다가

뱀의 허물이 되었다가

장수풍뎅이가 꾸물거리는

굼벵이를 꼬집었는데 꿈틀

몽상의 거위가

구름의 그림자-코끼리 꼬리를 깨물다가

코에 올랐다가 뒤뚱거리며

가을 속을 걷다가

살고 싶어요

수평이 맞지 않아 물이 넘쳐
사용하기가 무서워진 세탁기

이십오 년 함께 먹이를 저장하고 숨 쉬며 살다
인공호흡기에 의지하고 있는 냉장고

차가운 바람은 나오지만 오줌을 내지르는 에어컨

망도 달아나고 나사가 풀린 선풍기

오랜 시간 작동한 바람에 녹아내리다 만 헤어드라
이어

석고보드 천정에서 오래 버티지 못하고
헐거워져 내려앉은 형광등

27년 전에 구입했기에 혈관이 막혀
네 구 짜리에서 하나만 가동 중인 매직 가스오븐

매뉴얼과 자동기능들이
필리핀 보라카이 맹그로브 숲처럼 엉켜버린
가전제품들도 태어날 때는 그 기원이 하나였으리

용광로 쇳물에서 형상을 부여받고
인간을 위해 태어난 인공 하인들

폐기 가전제품으로 실려 가기 전에
요양원 환자들처럼 신음하는
순간과 비명들이 있네

울음을 우는 것들
그동안 사랑했어
마지막 말을 남기기가 무서운 장면들

고들빼기 꽃

햇볕 잘 드는 텃밭에서 자라야 할 고들빼기
톡 쏘는 쓴맛으로 밥맛을 돋우는 고들빼기

운동화 신은 여자가
그늘진 지하 구석에서 씨를 티워
쓴맛을 잃고 시름시름 시들어 가는
노란 고들빼기 꽃을 보네

죽어가는 고들빼기의 호소를
쭈그려 앉아 귀 기울여 듣네

햇살 바른 곳으로 옮겨주세요
숲의 깊은 바닥을 흐르는 지하수의 노래를
듣게 해 주세요

도회지 인생 삼십년을 걸어온 여자가

죽어가는 고들빼기의 비명처럼

하늘을 향해 기도하네

연못에 전하는 연가(戀歌)

운담(云潭)이라 했던가요

작은 연못이
하늘의 구름을 담는다는 말을
믿을 수 없었지요

하늘과 땅 차이인데
여우, 노루보다 더 빠른
구름의 달음박질인데

먹구름 끝에서 빗줄기 쏟아지고
빗물이 물웅덩이를 만드는 이치를 보며
둘이 하나 되는 섭리를 익히며
뒤늦게 깨달았지요

그날

머리칼을 들추고
귓바퀴를 간지럽히던 당신의 혀끝이 하던 말
'시끄러워서 도저히 말을 못하겠어'

운담에 내려꽂히는 빗줄기도
아마
그렇게 속삭였을 거예요
'저긴 너무 시끄러워, 아무 말도 못듣겠어'

소담 떡집의 가을

떡집 앞 단풍나무가
주인여자를 닮아 붉어지고 붉어지고

여자는 분홍 그물 바구니에
죽엽청주 색색 반달 송편을 담는다

모과향과 어우러진 노란 꿀떡과
무지개 떡과 우메기떡
포장 비닐을 통과한 햇살 한줌
주인여자 손도 바쁘게 움직이고

준비한 떡들이 주문서와 함께
바람처럼 모두 팔려
바닥이 드러날 때

주인여자를 지켜보던

숨찬 가을도 한시름 놓는 저녁

바바리 여자의 가을에 떨어진 빗방울

당신이 떠나간 후 울음처럼

떨어졌던 빗방울 전주곡

당신의 편지를 받고

웃음처럼 피어났던 빗방울 환상곡

10월 단풍나무 잎사귀에

떨어진 빗방울 음표들이

바바리 여자의 옷깃아래 스며들다

검은 구름아래 폭포수 같은

불안이거나 햇빛아래

이슬로 맺혔던 빗방울이

리헤텐 슈타인의 그림 - '행복한 눈물' 처럼

흘러내린 빗방울이

여자가 앉은 공원의 벤치

그늘로 숨어들다

우렁차게 솟구치다가 흩날리다가

연기처럼 증발해버린

여자의 희로애락을 담은 빗방울 음악이

먹포도 열매를 키워낸 후

일생의 사명을 놓아버린 빗방울 음악이

여자가 걸어간 10월의 산책길에서

보도블럭 물거울 같은

침묵으로 고여들다

화가와 엔지니어

어쩌다 집안으로 들어온 서생원
끈끈이 위에 먹이를 놓아두면
서생원은 없고 먹이만 사라진다
끈끈이를 밟는 것은 오히려 집안 사람

서생원이 구석에서 밖으로 언제 나올까

고구마 갉아먹다 흘리고 간 자국에
잡아야겠다는 생각은 멀어지고
접시에 먹이를 슬그머니 놓아준다

닭 가슴살에 치즈를 정성으로
애완견에게 먹이며 박애를 실천하는
친구를 닮아가는 중

낙엽이 바람에 쓸려온 것처럼

인연따라 집에 들어온 서생원을 어찌하랴
생각하건데 서생원에게 줄 것은 고구마 뿐이라서

엔지니어 A는 충고한다
"약국에 가면 사탕 같은 약이 있는데
쥐 다니는 길에 놓으면 쥐가 과일로 알고 먹어요.
저도 사무실 쥐를 그렇게 잡았어요."

서생원과의 밀애를 말하는데
엔지니어는 서생원들의 일괄 소탕을 기획한다
아우슈비츠의 유태인들을 청소한 히틀러처럼

| 해설 | 최학 소설가, 전 우송대 교수

시어(詩語)로 바뀌는 나뭇잎을 향한 염원

시어(詩語)로 바뀌는 나뭇잎을 향한 염원

1

오랜 기간 소설적 사고와 문법에 길들여져 온 나에게 있어 시를 읽는 일은 일종의 모험심, 탐험심 같은 것을 유발시키는 일이 되기도 한다. 그만큼 이 일은 까다롭고 흥미롭고 한편 위험하다. 왜 그러한가? 시와 소설이 문학이라는 한 테두리로 싸여있기는 하지만 이는 생김새며 내용물이 전혀 다른, 물과 뭍이 자연이라는 이름에 포괄되는 것과 크게 다를 바 없기 때문이다. 장르의 차이라는 것이 그러하다. 접시와 간장종지를 떠올리면 훨씬 이해가 쉽겠다. 둘은 늘 그릇이라는 이름표를 달고 같은 밥상에 오르고 설거지통에 담겼다가 함께 찬장에 들어가기는 하지만 둘의 모양

새며 하는 일을 생각하면 어둔 찬장 안에서 둘이 나눌 대화쯤은 쉬 짐작이 될 수 있다.

그럼에도 불구하고 나는 시 읽기를 좋아하며 또 지금껏 내 식의 시 독법을 여러 사람들에게 구경시켜 왔으며(졸저「시가 있는 간이역」, 신동아 연재「시와 함께 하는 우리 산하 기행」 등) 지금도 그 일을 자초하고 있다. 이름하여 '소설가의 시 읽기'인데 이는 곧 함축적이고 절제된 시의 언어를 구구절절 산문으로 다시 풀어내기에 지나지 않지만 본래의 시 맛은 죽이지 말아야 한다는 전제가 있기에 꽤 성가시고 까탈스러운 작업일 수밖에 없다. 허나 모험에는 위험을 감당하는 도발이 있어야 하듯 외려 나는 이를 즐기는 편이다.

창칼을 들고 전장에 나선 병사에 비유하자면, 시인과 소설가가 가진 공통의 무기라곤 언어(한국어) 하나밖에 없다. 그런데 창과 칼의 쓰임새가 전혀 다르듯이 시와 소설에 사용되는 언어가 온전히 다르다. 우선 가장 큰 차이점은 시인의 언어가 내단히 주관적이고 노호한데 반하여 소설의 언어는 이런 문법을 금기시한다는 점이다. '이제금 저 달이 슬픔인 줄은 예전엔 미처 몰랐어요'(김소월) 같은 시구를 보자. 과학적 관찰에 의한 달은 대기와 중력이 없는 황무지 지구 위성에 지나지 않는다. 어둔 밤에 밝게 빛나는 것도 태양 광선의 반사에 의한 것뿐이다. 이러한 관찰이 달의 실상(진실)에 가까이 다가가는 것임에도 불구하고 시인은 그러한 사실은 깡그리 무시한 채 엉뚱하게도 슬픔의 덩어리로 환치해버리는 것이다. 지극히 주관적인 정서로 대상을 덧칠하면서 독자의 동의를 구하는 자리에 시가 있음을 보여주는 좋은 예가 된다. 그러나 소설에서 허용되는 문법으로 소월의 시구를 새기자면 대강 이렇게 된다. '그녀를 떠나보내고 달을 쳐다본다. 왠지 모르게 더 큰 슬픔이 내 가슴에 밀려들었다.'

모호성에 있어서도 마찬가지다. 시는 어떤 대상 혹은 사물을 드러냄에 있어서 구체적이고 직접적인 언어를 쓰기보다 굳이 감추고 돌려 말하기를 좋아한다. '이러매 눈감아 생각해 볼밖에/ 겨울은 강철로 된 무지개인가 보다'(이육사) 라는 시구에서 보듯이 '겨울＝강철로 된 무지개'라는 이해하기 힘든 또는 뭔가 느낌은 있지만 콕 집어 말하기 어려운 은유 등이 중심이 되는 언어구조를 가지기 때문이다. '올 겨울은 훨씬 혹독했지만 그녀는 희망을 버리지 않았다.' 식의 소설 문장으로 옮길라치면 본래의 맛은커녕 의미조차 제대로 건지지 못하는 것이 된다. 이렇듯 소설의 문장이 독자의 즉각적인 이해에 기여한다면 시의 언어는 오히려 그 이해를 지연시키는데 의미를 둔다. 이렇듯 의도적으로 우회하여 드러내는 언어양식이 바로 시인 까닭에 사물과 체험을 구체적으로 환기시키기 위해 오히려 모호한 언어결합을 마련하는 것이다. 때문에 시가 어렵다고 독자들이 한탄하고 불만을 터뜨릴수록 시의 의도가 제대로 먹혀들고 있다는 역설이 성립된다.

러시아 형식주의의 이론을 빌리자면, 우리의 지각이라는 것은 자동화, 습관화되기 쉽고 언어 또한 일반화되려는 속성을 가지고 있기 때문에 구체적인 사물의 질감을 갖질 못한다. 하여 시는 독특한 방식으로 언어를 조립하여 언어의 한계를 뛰어넘으려는 노력을 할 수밖에 없다. 따라서 모호함은 단순명료한 지시보다 사물의 본질을 더 효과적으로 드러낼 수 있는 장치와 수단이 되며 그 모호함을 위하여 시는 굳이 '낯설게 하기'의 형식과 기법을 바탕으로 하고 있으며 그 구체적인 요소가 곧 '여백두기'와 '돌려 말하기'라고 말한다.

형식주의 비평의 한 핵심으로 잘 알려진 이 '낯설게 하기'의 이론을 좀 더 쉽게 이해하기 위해 문학평론가

이남호가 덧붙인 것이 '시치미 떼기' 설명이다. 알다시피 시치미는 매 사냥꾼들이 자신의 매에 붙여놓던 표식에 다름 아니다. 그런데 더러 못된 이들이 있어서 남의 매를 주워 시치미를 떼곤 제 것이라고 주장하기도 한다. 이럴 경우 진짜 주인은 이 매가 자기 것임을 증명하기 위해 찬찬히 매를 살피면서 이걸 봐라, 여기를 봐라, 이래서 이 매는 내 것이다, 라고 주장하게 된다. 시 쓰기는 곧 사냥매의 시치미를 떼서 누구의 매인지를 곧바로 알지 못하게 하는 일이며, 시 읽기는 다름 아닌 시치미가 떼인 매를 부리부터 꽁지까지 꼼꼼히 뒤져보는 일이 된다.

2

한 편의 문학작품을 읽을 때, 독자는 각자 나름의 선이해(先理解. 사전이해)를 갖게 마련인데 이는 작품 이해의 필수 사항이 된다. 이는 일종의 선입관으로서 동시대 삶의 상황, 시와 시인에 대한 기대 그리고 언어지식, 인생관 등이 얼크러져 있는 인식의 배경을 뜻한다. 해석학자들이 독서행위를 해석학적 순환으로 보는 까닭도 이 선이해를 해석의 중요한 수단으로 여기기 때문이다. 시를 읽는 행위는 독자의 선이해와 시의 의미가 서로 순환하여 접근하는 과정 그 자체다.(이남호 참조)

백혜옥 시집의 시들은 다양하면서도 몇 가지 전범적인 카테고리를 갖는다. 임의로 크게 갈래를 짓는다면 가족, 예술(시), 풍경, 연모 등에 관한 것인데 그 내용에 따라서 시적 진술의 양상이 달라진다는 점도 흥미롭다.

시도 일종의 사적 체험의 토로임은 부인할 수 없다. 여기서 시인과 독자가 함께 유념하는 바는 그 체험이 다른 이에게 전달할 만한 가치가 있는 것인가 그리고 전달 가능한 언어 표현인가 하는 점이다. 시인의 개인적 체험이 보편성을 얻기 위해서는 그것이 적절히 숙성되고 이후 여과 혹은 증류의 과정을 거치며 시적으로 변용돼야 마땅하다. 술 빚기에 견준다면 체험은 원료 곡식이 되며 발효, 증류, 가공이 시적 변용 작업이다.

　'나의 살던 고향은 꽃피는 산골' 을 떠나온 지 십 수 년
　허물어진 옛집에는 손도 발도 정강이도

고목이 되어버린 엄마의 기억

……

밥상이 엎어지는 소리

멍석 위에서 톡톡 참새처럼 재잘대는 가을 햇살들

유년의 마당에는 콩 튀는 소리만 분주합니다

……

소녀는

도시여자로 늙어

자동차 경적이 안개 같은 세상으로

또 출근해야 합니다

옛날의 어머니처럼

배롱나무 고목으로 늙어가고 있는

도시여자의 운명을 향해

―「배롱나무 고목」

　엄마, 어머니가 나오지만 시는 엄마에 대한 체험과 감상이라기보다 엄마처럼 늙어갈 도시여자(시적 자아)에 대한 진술에 가깝다. 그렇지만 독자는 도시여자의 현재와 앞날보다는 그 유년의 배경(환경)에 더 큰 관심을 가질 수밖에 없다. 도시여자는 이미 배롱나무 고목으로 늙어갈 운명이기에 더 이상 타자의 상상이 개입할 여지가 없으며 '배롱나무 고목' 또한 원관념과 적절히 어우러지는 보조관념이 아니어서 더욱 그러하다. 매끈한 나무껍질, 수천 송이 꽃을 달고 있는 배롱나무 고목에서는 차라리 화려, 장엄의 이미지가 도출되기 쉽다. 그리하여 독자는 이보다 '밥상이 엎어지는 소리'나 새참을 이고 막걸리 주전자를 들고 다닌 탓에 키가 작아졌다는 서술에 좀 더 주목하게 되며 이들 언어에서 강압과 폭력성마저 유추하기를 마다하지 않는다. 나아가서 그럼에도 불구하고 '톡톡, 참새처럼 재잘대는 가을 햇살'이며 '콩 튀는 소리만 분주'하다는 경쾌 명랑한 언사들을 만나는 지점쯤에서는 배경의 어둠과 대비되는 소녀의 낙천성, 천진성을 확인하게 되고 거기서 시적 안도감을 갖기도 한다.

시적 자아가 그리는 어머니의 실제적 모습은 다음의 시편들에서 비로소 조금씩 드러난다.

밭에 가신 엄마가 모싯대 이고 골목 모퉁이를 돌아오신다

학교 갈 시간은 멀어지고 동생의 울음소리만 들린다

동생을 업고 달려가는 누이는 힘에 부쳐 넘어지고
흐르는 붉은 눈물-피를 지긋이 누르던 떨리는 손

땀내 나는 엄마의 젖가슴이 다래나무 눈물이었다

살비듬 흩날리며 말라가는 엄마의 다리는
수액을 뽑아 올린 다래나무였다
─「다래나무」

산비알 마른 콩밭에 엎드린 흰 점
해가 저물도록 일어날 줄 모른다

냇물에 발 한 번 담그지 못하고
홀연히 흙이 되어 밭으로 간 어머니

콩깍지 터지듯 갈라져
손끝 발끝 동여맨 살 사이로
바람이 스며든다
─「붉은 왜가리」

무량사 범종이 울릴 때 마다

어머니의 사랑이

저녁 밥상에

달래향으로 번진다

―「달래향」

힘겨운 모시농사까지 감당해야 하는 어머니, 등교 시간을 넘겨가며 동생을 돌보다가 넘어져 피를 흘리는 누이(나), 지혈을 해주는 엄마의 몸에서 나는 땀 냄새… 그 엄마가 바로 수액이 뽑혀 앙상하게 말라가는 다래나무였다.「다래나무」

어머니는 원래 붉은 왜가리와 같은 훤칠한 여인이었다. 왜가리처럼 물가에서 한가하게 물고기나 잡고 노닐어야 하건만 몹쓸 현실에 쫓겨 산비탈 콩밭에서 어두워질 때까지 힘겨운 노역에 매달릴 수밖에 없다. 콩깍지처럼 터지는 손발을 한 채…「붉은 왜가리」

봄나물을 캐러 간 어머니는 절간 문만 봐도 합장을 하며 자녀의 무탈을 빈다. 그렇게 뜯고 캐 온 나물이 차려진 밥상에선 어머니의 사랑이 절집 범종소리 마냥 곡진하게 퍼져난다.「달래향」

이상에서 보듯, (나의) 어머니도 산업화 이전 시대를 살았던 여느 어머니와 크게 다를 바 없었다. 가난과

핍박 그에 딸린 고난과 동통을 온몸으로 감당하면서
도 자식에 대한 무한 애정을 쏟은 그 어머니다.

　다음으로, 어머니와 대칭점에 서게 마련인 (나의) 아
버지는 어떤 모습을 하고 있는가. 다음 몇 편의 시에
서 그 아버지가 언급되고 있지만 언어는 꽤나 암시적
이며 한편 상징적이다.

　　아이는 나무 위에 둥지를 짓고
　　두려움에 찬 눈으로
　　숲 너머를 본다
　　……
　　아이와 아버지의 발자국이 나란하다
　　비틀거리며 아이가 섰던 경계
　　과거와 미래 사이의 두려움

　　진화의 도로를 질주하는 상념
　　유칼립투스 잎이 시간의 바람에 흔들린다
　　시간을 덜어내고 바람의 조각을 맞춘다

　　새롭고 위험한 곳을 향한
　　아버지의 첫걸음

아버지가 돌 속으로 들어간다

　　　　　　　　　―「유칼립투스 잎이 시간의 바람에 흔들린다」

동면에서 깨어난 거북이가 등딱지를 지고 걷는다

껌벅이는 눈이 가야 할 길을 바람에 묻는다

무뎌진 발을 고무신 안으로 밀어 넣고 활처럼 휜 등에

짊어진 짐

내쉬는 숨소리가 거칠다

세상에 완충제는 없었다

뒤집어진 거북이의 횡경막 안으로 불어오는 병든 바람

어깨뼈가 불안하다

아버지 등에 새겨진 갑골문자

　　　　　　　　　―「갑골문자」

　물론「유칼립투스…」는 아버지를 객체로 바라보는
'아이'의 시선에 무게가 실려 있지만 아버지는 상당한
의미의 존재로 부각된다. 시에 드러난 아버지도 어려
운 시대를 어렵게 걸어갔음은 쉽게 짐작할 수 있다.

그러나 구체적이지 않지만 아버지가 마주했던 고난이며 고통은 결핍, 억압, 질병 같은 외부 상황과 결부된 것이 아닌 오히려 아버지 내적인 욕망, 갈등, 좌절과 연관돼 있다. '새롭고 위험한 곳을 향한/ 아버지의 첫걸음' '아버지가 돌 속으로 들어간다' '아버지 등에 새겨진 갑골문자' 등의 언어들이 어떤 단서가 될 수 있다. 지상에 존재했던 모든 공룡이 화석(化石)으로 제 흔적을 남기는 것이 아니듯이 새롭고 위험한 길을 택했던 이라고 해서 모두 '돌 속(化石)으로 들어' 가지는 못하기 때문이다. 거북이 등껍질 같은 삶의 짐을 지고 걷다가 끝내 뒤집어지고 만 생애이지만 그 등껍질에 새겨진 것은 문명의 시작을 알리는 갑골문자다. 그 화석과 갑골문자가 품었던 꿈의 실체가 여하한 것이었는가는 다음의 시에서 어느 정도 드러난다.

마지막 자락에 남은

무수한 붓과
못다 쓴 먹물

아버지 북망산천에 닿을 때까지

먹물을 묻혀
화선지를 메꾸고,

붓끝
다 닳고 난 자리에 펼쳐질
무성한 소나무 숲
화선지에 붓 스치는 소리 들리네

천년학 날갯짓 요란하네
―「천년학 날개짓 요란하네」

천년학(鶴)의 날갯짓 그것이다. 추측컨대 아버지는
평생을 예업(藝業)에 바친 예인(藝人)이었다. 하여 죽는
날까지 먹물을 묻혀 화선지를 메꾸곤 하였으며 남긴
것이라곤 다 닳은 붓과 못다 쓴 먹물뿐이다. 그 예술
적 성과가 여하했는가는 차라리 세속적 관심사에 지
나지 않는다. 누군가에게는 그 다 닳은 붓끝에서 펼쳐
지는 무성한 소나무 숲이 보이며 그 숲에서 퍼덕이는
천년학의 날갯짓 소리가 들리기 때문이다. 죽음에 임
박한 한 서예가가 자신의 평생 작품을 한데 모아 불사
르는 자리에서 금빛 새 한 마리가 날아오르는(이문열

소설「금시조」) 장면을 연상케 하기도 한다.

아버지의 이러한 생애와 유업은 이후 전개되는 시적 자아의 예술행위와 삶에 적잖이 영향을 미치고 있음은 두말할 필요 없다.

3

모든 예술가는 끊임없이 자기 점검, 자기 성찰의 과정을 겪는다. 도대체 내가 지금 무슨 일을 하고 있단 말인가? – 예술행위의 근원에 대한 의문부터 현재 내가 하고 있는 작업이 어떤 의미를 갖는가? 나는 지금 제대로 내 길을 걸어가고 있는가? 등등까지 부단히 자신에게 문제를 제기하며 또 그에 대한 자신의 대답을 얻으려 노력한다. 그 과정에서 시인은 더러 시로써, 소설가는 소설로써 자기성찰의 양상을 공개적으로 드러내어 독자와 공유하기도 한다.(토마스 만「토니오 크뢰거」)

세 번째 시집을 가지는 백혜옥 시인에게도 이 과정은 특히 고통스러우며 한편 의미심장하다.

별을 꿈꾸는 여자

가끔은 팽나무에 철봉처럼 매달리고 싶어

연지벌레처럼 그네도 타고

회전그네처럼 돌고 싶어

영원한 시간이 사랑으로 쳐다보는

그 품에 잠들고 싶어

별을 꿈꾸는 여자

메타세쿼이아 나뭇잎이

살비듬처럼 떨어지면 아금받아

이불삼아 눕고 싶어

푸른 하늘 은하수 사이로

돛대도 아니 달고 삿대도 없이 가는

초승달이 되고 싶어

별을 꿈꾸는 여자는

세상의 아름다움을 마시고

취한 별이 되기 위해 가출하는

불량소녀-환상 예술가가 되고 싶어

― 「술 취한 별 - 환상 예술가가 되고 싶어」

  시집의 맨 앞에 실린 작품이니 시인에게도 이 시는 특별한 의미를 지닌다고 볼 수 있다. 그리고 점검과 성찰을 위해서 초심(初心)을 살펴본다는 태도도 시인이라고 해서 다를 바 없다. 이 시에서는 예술 지향성과 그 내용이 분명하다. 예술가가 되고 싶은 까닭은 별을 꿈꾸기 때문이다. 허나 '별을 꿈꾸다'는 말은 장래 우주선의 선장이 되고자 하는 아이의 것이라면 몰라도 시적으로는 꽤 진부한 표현이거니와 그 내적 의미도 모호하다. 그러나 곧 이어지는 '팽나무에 철봉처럼 매달리고 싶어/ 연지벌레처럼 그네도 타고/ 회전 그네처럼 돌고 싶어'에 이르면서 아연 생동감 넘치는 이미지들이 연결되며, 이윽고 '취한 별이 되기 위해 가출하는/ 불량소녀-환상 예술가가 되고 싶어'로 마무리 되면서 낡고 모호하던 별이 구체성과 목적성을 띠게 되고 앞선 이미지들이 '불량소녀-환상 예술가'로 귀결되는 극적인 종합이 이루어진다.

  어느 시대, 사회든 환상은 불량하다. 기존의 윤리 가치를 훼손할 위험성을 갖기 때문이다. 그러나 또 여하한 예술이든 환상을 배제하곤 성립할 수 없다. 하여 예술은 태생적으로 불량하고 위험할 수밖에 없다.

　　창은 있으나 열고 닫을 수 없는

　　사유의 문 안

　　아침과 저녁이

　　붉거나 푸른 상상을

　　발효시켜 만드는 문장

　　그곳 먼 수평선을 바라보며

　　미래가 보낸 파도의 암시를 기다리는

　　웅크린 소녀의 그림자가 있네

　　―「섬」

　　교실구석에 우두커니 앉아

　　하늘에 이름 석 자 그린다

　　……

　　무엇을 할 수 있을까

　　묻고 물었던 아이

　　인내한 시간 앞에 눈물 한 방울

　　연필을 쓱쓱 깎는다

— 「연필 깎는 아이의 눈물 한 방울」

섬은 바다에만 있는 것이 아니다. 도심의 고층아파트에도, 사람들이 북적이는 찻집 한쪽 구석에도 섬은 있게 마련이다. 외부와 절연된 고절(孤絶)한 소녀가 가지는 사유와 상상은 풍경과 결부돼 있지만 그것이 즉물적인 데서 그치지 아니하고 발효과정을 거쳐 문장으로 축적되는 지점에 우리가 흔히 말하는 '예술적 소양'이 배태된다. 그리하여 바깥의 무심한 자극과 작용마저도 내 장래를 일러주는 암시 혹은 계시처럼 받아들이게 된다. 그것은 곧 내가 '무엇을 할 수 있을까?' 하고 수없이 자문하면서 인내의 눈물을 흘리고 연필을 깎았던 '아이'가 가질 수 있던 희망이요 구원이기도 했다.

이에서 보듯 예술(예술가)의 탄생은 고립 절연의 환경과 거기서 숙성되는 사유와 상상에서 비롯되는 것임을 알 수 있다.

그 '소녀'와 '아이'가 성인이 되어 한 사람의 예인(藝人)으로 살아가는 일은 결코 녹록치 아니하며 그 예술적 성과마저도 보장되는 법이 없다. 하여 일상은 '청미래 덩굴 가시가 박힌 바퀴'처럼 '밟을수록 헛돌

기만' 하고 문장들은 마디마디에 갇히기만 한다.「청
미래 가을」

　　바람에 떨어진 자작나무 잎 글자가 굴러 가네
　　시인은 자작 소리를 내며 겨울 숲으로 굴러 가는
　　글자를 따라 가네
　　―「자작나무 숲에 들다」

　뽀얀 기둥을 가진 채 탈피를 거듭하는 자작나무가
시(詩. 시인)며 무수한 이파리들이 곧 시의 언어들이다.
'자작나무에는 가지가 꺾어지는 통증의 흔적들이 있
네/ 상처에 딱지가 내려앉은 자리에는 기억들이 시인
을 쳐다보는 수많은 눈들이 있네'에서 보듯이 '자작나
무＝시인'의 등식으로 나무와 시인이 동일시되어 가
지가 꺾어지는 나무의 통증이 시인의 것으로 환치되
며 딱지가 앉은 상처마다 아픈 기억들이 새겨진다. 그
럼에도 불구하고 나무(시인)는 옅은 껍질로 '혹한을 견
디고/ 침묵으로' 기도문을 욀 수밖에 없다.
　그러한 고통과 인내 속에서 가지는 기원은 무엇인
가?

시인은 자작나무가 순백의 천마 한 마리로 변신해서
하늘로 날아가는 샤먼의 꿈을 보네
……
시인은 겨울바람이 자작나무 잎을 흔들어 시베리아로
날아온 북극의 신탁을 전하는 순간을 기다리네
자작나무 잎 글자들이 일제히 시가 되는 순간을
― 위의 시

그것은 앞 시대 아버지가 꾸었던 천년학(鶴)의 꿈과
크게 다르지 않다. 샤먼의 꿈, 본원을 향한 원초적 꿈
이다. 자작나무(시인) 스스로 한 마리 순백의 천마(天
馬)로 변신하여 하늘로 비상하는 것. 그 옛날 서라벌
사람들의 꿈이 이와 다르지 않았다.(경주 천마총 출토 그림
참조) 예(藝)의 최고 경지는 샤먼이 숲의 정령(精靈)을
온몸으로 받아들이는, 수도승이 득도 해탈하는, 유한
한 인간이 날개를 얻어 승천하는 경지와 다를 바 없다.
그것이 곧 천년학이 요란스레 날갯짓하는 때이며 화
염 속에서 금시조가 날아오르는 찰나이고 자작나무 잎
들이 신탁을 받아 일제히 시가 되는 순간이기도 하다.
만상(萬象)이 합일(合一)되고 순간이 영원으로 이어
지는 초극(超極)의 순간에 이르고자 하는 이러한 염원

은 고통의 무한 인내와 온전한 자기 소멸을 담보하지 않고는 가능한 일이 아님을 시인 스스로 잘 알고 있다. 그리하여 시인은, 꿈은 꿈대로 간직한 채 이전보다 훨씬 낮고 다소곳하지만 더 간절한 음성으로 기구(祈求)의 노래를 부른다.

자귀나무여,
바람이 머물고 꽃잎이 뒹구는
여름 정원의 구석진 그곳에
오래도록 머무르기를

자귀나무 씨앗도 한때는
어머니 자궁속의 출렁이는 바다였으니
당신께서는
세상의 가장 작은 기도실에서
세상에서 가장 작은 소리로
피어나고자 하는 생명의 노래를 들으시기를

'살아있는 것은 모두 눈물겹도록 아름답다'고 하신
당신의 말씀을
먹물 스민 화선지에 적어

절벽 아래 강가에 흘려보내니

이 소식이 다음생에는
곰팡이 꽃에 맺힌
햇살 한 올의 그림으로 피어나기를
　—「자귀나무 꽃이 피워내는 향기 짙은 유월」

　절대자와 사랑밖에 기댈 것이 없는 왜소한 생명이 올리는 기도는 간절하고 애틋하며 아름답다. '세상의 가장 작은 기도실에서/ 세상의 가장 작은 소리로' 부르는 생명의 노래 그 자체가 곧 나의 기도소리이다. 개체 수는 많지만 하나하나 작고 보잘 것 없는 자귀나무의 씨앗을 보라. 나의 탄생이 그러하듯이 그 작은 자귀나무 씨앗 하나하나가 출렁이는 바다를 품은 어머니의 자궁과 다르지 않다. 크고 빛나는 생명이 따로 태어나는 것이 아니듯이 사람이든 미물이든 생명은 하나같이 아름답기만 하다. 여름 정원이 금세 낙엽과 흰 눈에 덮이는 이치를 좇아 내 생명도 그리고 여름 한 철 어여쁨을 자랑하던 자귀나무 꽃들도 이내 스러지고 말기에 그 어여쁨이 눈물겹다.
　시인의 절창(絶唱)이 그 마지막을 장식한다. 유한한

생명의 아름다움과 무상성을 노래하는 것이 시요 시
인임을 '(말씀을) 먹물 스민 화선지에 적어/ 절벽 아래
강가에 흘려보내'는 행위를 통하여 여실하게 보여주
면서 이 보잘 것 없어 보이는 몸짓 하나가 실은 우주
적이요 영원회귀적임을 암시하기 때문이다. '이 소식
이 다음생에는/ 곰팡이 꽃에 맺힌/ 햇살 한 올의 그림
으로 피어나기를'… 윤회론적 세계인식으로 무상성을
넘어서는 가운데 '곰팡이꽃에 맺힌 햇살 한 올의 그
림'으로 예술의 존재론적 의미를 최대한 확장시키는
장면에서도 마찬가지다. 자귀나무꽃보다 훨씬 작은
곰팡이꽃은 꽃 축에도 들지 못하는 꽃이요 그 꽃에 맺
히는 햇살 한 올의 그림도 눈 깜짝할 사이에 사라질
것이지만 거기에 온 우주가 있고 생명과 미의 근원이
있다. 지금 예술이란 이름으로 우리가 부르는 시의 노
래며 그리는 그림이 실은 이와 다를 바 없으며 결국
천년학과 천마도 '햇살 한 올'의 그림으로 귀납된다.

4

　백혜옥 시인은 시를 쓰기 이전에 이미 오랜 기간 화

가로 활동해 왔음은 잘 알려져 있다. 그림이 형상과 색채의 언어라면 시는 언어의 그림이다. 어떤 계기와 여하한 충동으로 화가가 시의 영역을 아우르게 되었는지 알지 못하지만 이는 적잖은 문인들이 다른 한편에 화필을 쥐고 즐기는 일에서 보듯 놀랍고 별난 일은 아니다. 수단과 도구의 확장에 대한 욕망은 여느 예인(藝人)인들 다를 바 없기에 더욱 그렇다.

창작행위도 환경과 관습에서 온전히 자유로울 수 없는 바 회화에서 시로 자리를 옮겨 앉는 때에도 회화적 요소들이 상당부분 시작(詩作)에 반영되고 있음은 이 시집에서도 어렵지 않게 확인할 수 있다. 추려보건대, 시집에 실린 60여 편의 시들 중 3분지 1이상의 작품이 강한 회화적 요소를 띠고 있음을 봐도 그렇다. 이러한 성향은 시작행위에 유리하게 혹은 불리하게 반영되기도 한다. 시 쓰기의 한 특징이라고 서두에서 밝힌 '낯설게 하기(시치미 떼기)'의 기법이 가장 일반화되고 오래 유지돼 온 분야가 바로 회화다. 나아가서 낯설게 하기의 주요소인 여백과 모호함이 현대회화에서 여하히 구사되고 있느냐 하는 점은 우리 주위에서 쉽게 마주할 수 있는 비구상 그림들을 떠올려 보면 된다.

엄마는

아이가 남기고 간

옷에 묻은 얼룩을

두 손으로 비벼 빤다

—「배롱나무를 붙잡고 오르는 능소화」

날아간 까치집

빈 둥지를

지키고 있는

감나무

—「우두커니」

노점에는 파 감자 토마토 고추

주인 대신 졸고 있는 처마 밑 베란다 그늘

—「물끄러미」

대나무 장대 끝

망주머니에 매달린

바람의 텅 빈 울음과

감나무 꼭대기 까치가 먹다 둔

홍시가

툭,

연못에 쓸리는 붉은 나뭇잎들
수면에 뜬 한가위 시린 달
―「실낙원」

　회화적 구성미가 돋보이는 시들의 예다. 최대한 언어를 절제하고 그보다 더 큰 여백을 할애한 가운데 단순한 형상과 색채로 대상의 안팎을 드러내보이고자 한다. 작품 가운데는 「배롱나무…」처럼 서사를 숨긴 것이 있는가 하면 「우두커니」 「물끄러미」 「실낙원」처럼 풍경 자체만 보여주는 작품도 있다. 「배롱나무…」에서는 제목이 시구의 하나가 된다. 이 제목이 달리 표현되었다면 그만큼 시의 의미파악이 어려워지고 질감이 떨어질 수 있다. 장마철, 배롱나무 기둥을 타고 올라 말갛게 꽃망울을 터뜨리는 능소화의 모습을 그려보자. 그 아래선 한 아낙이 딸네 것으로 보이는 옷가지를 빨고 있다. '능소화'와 '얼룩'이란 말이 없다면 시는 단지 일상의 빨래풍경을 보여주는 것으로 그치고 말 것이다. 그러나 기묘하게 얼룩과 능소화가 연결되고 자연스레 엄마와 배롱나무가 맺어지는 지점에서 아연 아이의 '떠남'과 엄마의 슬픔이 상정되는 서사가 드러나는 것이다. 배롱나무, 능소화, 얼룩 등의 색채와 함께 여백이 주는 강렬한 이야기가 이 간출한 시 그림에 담겨 있다.

「우두커니」는 말 그대로 우두커니 서 있는 감나무의 풍경 자체다. '날아간 까치집/ 빈 둥지' 같은 말 바꿈이 재미있다. '날아간 까치가 남긴 까치집'이 '날아간 까치집'이 되었으며 '빈 둥지'는 단지 감나무 가지에 얹혀 있을 뿐인데 굳이 감나무가 그걸 '지키고' 있다고 말한다. '돌려 말하기'를 통하여 대상의 본체를 달리 보고자 하는 예가 될 수 있다. 「물끄러미」 또한 대상에다 주관을 씌우면서 은근슬쩍 말을 바꾸는 형식의 시에서 벗어나지 않는다. 실제로 졸고 있는 것은 노점 주인일 터인데도 시에서는 베란다 그늘이 졸고 있다고 말한다. 이런 의도적인 장치가 시 읽는 재미를 크게 해준다. 「실낙원」은 소리를 담은 한 폭의 그림이다. '바람의 텅 빈 울음'과 '툭' 떨어지는 홍시의 음향이 색채에 파문을 일으킨다.

같은 회화성을 띠면서도 이들 시보다 훨씬 많은 이야기를 지니고 아울러 시각적 효과를 크게 거두는 작품으로 다음과 같은 것이 있다.

헐거워진 담장을
꼭 붙들고 있는 빨 손

담 모퉁이 우울

화석이 되어가는
나무의 잔해

몇 해를 두고 쌓이는 그늘아래
민들레 몇
　―「민들레 빈집」

　시골 어디서나 쉽게 만날 수 있는, 오래 비어 있었
기에 폐가가 돼 가는 빈 집 하나의 풍경을 시의 캔버
스에 옮겨 놓은 작품이다. 무너져 가는 담장에는 담쟁
이가 무성하며 처마 아래 쌓아놓은 장작들도 썩어가
는 지경이다. 적막한 빈 집 댓돌 근처에 피어난 노란
민들레꽃 서너 송이가 햇볕을 바라고 있을 따름이다.
제2연 '담 모퉁이 우울'만 제외한다면 지극히 객관적
인 붓놀림의 그림 같지만 실은 그렇지 않다. '꼭 붙들
고 있는' '몇 해를 두고 쌓이는' 등의 주정적인 언어들

이 개입돼 있기 때문이다. 군이 이러한 정서를 포함시키는 이유는 간명하다. 허적(虛寂)의 무상성을 좀 더 확실히 드러내기 위함인데 그 노골적 표현이 '담 모퉁이 우울'이다. 이런 의도가 있음에도 불구하고 시의 색깔이 밝고 선명한 데 그것은 우울, 그늘, 화석, 잔해 등의 칙칙함을 압도하는 민들레꽃의 색채 때문이다. 이렇듯 형태와 색채로 그려지던 풍경화들은 다음과 같은 시에 이르면 이윽고 소리 없는 소리를 품으면서 상징적인 질감마저 품는다.

　　도로가에 주저앉아 풀을 뽑는 고요
　　손에 들린 호미 끝이 야무진 고요
　　잡풀들이 뽑혀 나동그라지는 고요
　　호미 끝에 어둠을 매달고 가는 고요
　　질주하는 차들과 도심에서 귀가하는 고요
　　―「고요 하나」

5

　생애적인 시 쓰기에 있어서 연가(戀歌)는 열정의 한

정화(精華)가 된다. 그러나 이 시집에는 그러한 연모를 담은 시들이 몇 편 되질 않으며 그들 시의 양상도 꽤나 추상적이며 광범위한 경계를 갖는다.

산골에 절로 몸을 감싸오는 것
그 무량한 어둠을 덮어쓴 채
광막한 우주로 보내는 신호인 양
다시 불러보는 이름

흐린 별빛 하나가
답신을 주듯 깜빡인다

빛보다 빠르게
무한 공간 속
어둠의 바다 한가운데로
퍼져 나가는 그리움
—「별빛 신호」

보듯이, 부르는 이름의 대상이 별과 별처럼 아득히 떨어져 있으며 그 광막한 공간에 퍼지는 그리움 또한 우주적인 너비를 보인다. 본래 우리네 사랑이란 게 그러하지 않은가. 간절하면서도 애틋한 대상을 향한 연모의 정은 이렇게 무한공간마저 손쉽게 뛰어넘을 수 있으며 소매 끝에 삐져나온 한 올 실 끝에도 실하게 매달 수 있다.

비와 연못〔潭〕, 혀와 귓바퀴를 대칭에 두고서 그들의 교합(交合)을 그리고 있는 아래의 시 또한 자못 범세계 적 경계를 보여주지만 내면은 훨씬 육감적이며 직설 적이다.

그날
머리칼을 들추고
귓바퀴를 간지럽히던 당신의 혀끝이 하던 말
'시끄러워서 도저히 말을 못하겠어'

운담에 내려꽂히는 빗줄기도
아마
그렇게 속삭였을 거예요
'저긴 너무 시끄러워, 아무 말도 못듣겠어'
―「연못에 전하는 연가(戀歌)」

사랑이 '너부 늦지 않았으면 좋겠'다는 서술의 나음 시는 대단히 암시적이며 감각적이다. 돌과 나무, 여자

의 머리카락 사이로 길을 낸다는 표현의 모호성 때문
에 더욱 그러하다. 읽는 이 나름이 의미 새김과 확장
을 거듭하다 보면 저도 모르게 육신이 달뜨는 지경에
이르게도 되는 데 이 또한 시 읽기의 재미가 된다.

돌과 나무와 여자의
머리카락 사이로
길을 내어

천천히 걸어오되

너무 늦지 않았으면 좋겠어
—「사랑」

6

산문을 쓰며, 나아가 이야기 꾸미기를 업으로 하고
사는 이의 나름 시 읽기는 이쯤에서 끝난다. 돌이켜보
건대, 뒤지고 캘 것이 많아 보이는 시들이어서 그만큼
작업은 흥미로웠고 주절거림이 많아졌다. 다음에는

시인이 또 어떤 언어들로 무슨 얘기들을 숨겨 보여줄까 기대되는 바 크다. 시인의 정진만 바랄 뿐이다. ✼

나무시인선 026

자작나무 숲에 들다

1쇄 발행일 | 2022년 12월 15일

지은이 | 백혜옥
펴낸이 | 윤영수
펴낸곳 | 문학나무
편집 기획 | 03085 서울 종로구 동숭4나길 28-1 예일하우스 301호
이메일 | mhnmoo@hanmail.net

출판등록 | 제312-2011-000064호 1991. 1. 5.
영업 마케팅부 | 전화 | 02-302-1250, 팩스 | 02-302-1251
ⓒ 백혜옥, 2022

값 12,000원

ISBN 979-11-5629-155-8 03810

대전문화재단
이 책은 대전광역시, (재)대전문화재단에서 사업비 일부를 지원받았습니다.

.